MES

NUITS D'INSOMNIE

POÈSIES DIVERSES

PAR

A.-F. BERNARD.

2me *Edition augmentée de plusieurs Légendes.*

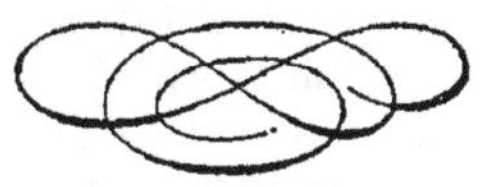

MORTAIN

IMPRIMERIE L.-J. MATHIEU. — 1862.

DEUX MOTS A MON ÉDITEUR

Une seconde édition ! Voilà pourtant où nous en sommes, toi pour avoir un peu traitreusement mis au jour mes premières élucubrations, moi pour les avoir écrites !

Mes pauvres légendes qui, comme je l'ai dit en tête de ma première édition, n'avaient jamais compté sur la faveur de l'impression, et encore moins sur les honneurs de la brochure, vont se présenter une seconde fois, accompagnées de quelques sœurs et ornées de tout ton talent typographique.

Quand on se met à griffoner, soit en vers, soit en prose, on peut à ce qu'il paraît s'appliquer le refrain du célèbre chansonnier :

Peut-on savoir où Dieu nous conduira ?

Tu me demanderas peut-être par quel hazard il se fait que la première édition soit tellement épuisée que je puis dire en me pillant :

Il ne m'en reste rien, pas même une copie !

A cela je n'ai jamais pu trouver qu'une seule raison, et encore ce n'est qu'après de longues et nombreuses réflexions : C'est que je connais personnellement beaucoup de fumeurs, et que je suis connu d'un plus grand nombre encore. J'ai pensé que la première édition avait paru juste au moment où ils avaient besoin de papier pour allumer leur pipe.

Que ce soit pour ce motif, ou pour un autre que je n'ai pas deviné, il n'y en a plus et on m'en demande. Voilà pourquoi nous lançons toi et moi dans le monde une seconde édition augmentée, mais pas du tout corrigée ; j'ai dit aussi que je n'aimais pas à me relire, encore moins à me corriger, et je tiens à mes vieilles habitudes.

Il ne me reste plus qu'à expliquer mon titre.

J'ai la goutte ! le mot est lâché. Oui, j'ai la goutte ! On n'est pas parfait. Mon médecin, qui est un homme bien élevé, appelle cela des rhumatismes ; je lui sais

MES NUITS D'INSOMNIE

POÉSIES DIVERSES

PAR

A.-F. BERNARD.

2me *Edition, augmentée de plusieurs Légendes.*

Mortain,
IMPRIMERIE L.-J. MATHIEU. — 1862.

gré de sa politesse, et je ne discute pas sur les mots.

Or, quand les rhumatismes de mon médecin m'empêchent de dormir, pour tâcher d'oublier que je souffre et aussi pour abréger le temps, qui devient bien long quand on compte toutes les heures, je me mets à rimer les légendes que je trouve par ci par là. Voilà pourquoi je les appelle : *Mes Nuits d'insomnie.*

Sur ce, mon cher Editeur, que mes vers te soient légers, et puissent-ils le paraître au lecteur.

J'ai dit. A. BERNARD.

A M. ALFRED DE LA VENTE

Pour le remercier de l'envoi de son recueil de Poésies.

An' ch'iò son' pittor.
Et moi aussi je fais des vers.
(Traduction très libre)

Ah ! je t'y prends aussi, *tu quoque*, Mons La Vente,
Et voilà qu'aussitôt ton exemple me tente.
D'abord pour reconnaître un bien doux souvenir
D'une amitié d'enfance, et pour te prémunir
Contre un danger pareil, vois-tu, je te conseille
De n'éveiller jamais un rimeur qui sommeille.
Je définis la rime un mal contagieux
Que l'on gagne en lisant et qui vous saute aux yeux ;
Et puis, quand de rimer vous vient la fantaisie,
Ce n'est plus un besoin, c'est une maladie,
Un vrai torrent auquel on ne peut résister
Et qu'en vain dans sa course on voudrait arrêter.
Ainsi, gare dessous ! car ma digue est lâchée,
Il serait malaisé d'endiguer la tranchée,
Quand un vers est parti l'autre le suit de près :
Ainsi de pis en pis le mal fait ses progrès.
Et puis tant pis pour toi si ma verve t'assomme,
Tu peux entre deux vers faire quelque bon somme,
Je t'en donne le droit ; c'est ta faute, après tout,
Et pour mieux te punir, tu liras jusqu'au bout.

Oui, c'est ta faute aussi, car moi qui de ma vie
N'ai rien eu de commun avec la poésie,
Comment se fait-il donc que me ceignant les reins,
Je m'élève aujourd'hui jusqu'aux alexandrins ?
Il ne fallait rien moins, ami, que la lecture
Des beaux vers qu'en tes bois a dictés la nature
Pour me souffler l'orgueil d'un si terrible assaut,
Car si je suis bien bas, le Parnasse est bien haut.
J'avais bien, il est vrai, commis quelques romances,
Quelques couplets grivois et quelques faibles stances
Pour de nouveaux époux, bonnes sans déroger
A rouler les bonbons du fidèle Berger ;
Pauvres enfants perdus de la littérature,
Faits pour être chantés, ils craignent la lecture.
Ce ne sont après tout que de légers essais.
Le vent qui me les souffle emporte mes couplets
Et puis tout est fini, car ma muse assoupie
N'en a rien conservé, pas même une copie.
Quand d'un si lourd sommeil tu viens me réveiller
Aux accords de ta lyre, hélas ! mon oreiller
Rappellera bientôt mes forces épuisées.
On fait bien peu de vers dans les ponts-et-chaussées ;
L'usage de l'équerre et celui du niveau
N'est guère de nature à monter le cerveau.
Hélas non ! le métier n'a rien de romantique,
A moins que l'on n'en trouve en la chaux hydraulique?
Ou dans le moëllon? mais soit dit entre nous,
On gagne peu de verve à poser des cailloux.
Pourtant, si l'on veut croire à l'héroïque histoire,
Les constructeurs d'alors avaient bien plus de gloire
Que pas un d'entre nous ; car enfin Apollon
Aux doux sons de sa lyre ou de son violon,
Je ne sais plus lequel, amassa pierre à pierre
Avec son seul talent et bâtit Thèbe entière.
Hélas ! le moëllon a bien dégénéré !
Sans doute d'Apollon l'instrument consacré
N'avait rien de commun avec ma clarinette,
Car j'aurais beau jouer ma phrase la plus nette,
Pour ôter aux cailloux leur immobilité ;
Je craindrais bien plutôt qu'un voisin irrité
Ne lançat les cailloux à travers les portières :
Voilà comment à moi j'attirerais les pierres.
Exemple opposé : l'un, en chantant construisit,

Et l'autre, dans la Bible, en chantant détruisit;
Car c'est toujours chanter, sait lyre soit trompette,
Ou flûte ou violon, quel que soit l'interprète
Qui fasse retentir les échos d'alentour,
C'est un chant de victoire, ou bien un chant d'amour.
Or, un jour Josué, poursuivant ses conquêtes,
Fit tomber Jéricho, rien qu'au son des trompettes.
(Ce qui prouve qu'alors, et mieux qu'en nos salons,
Israël pratiquait le culte des pistons.)
Même il avait, je crois, comme moyens rapides,
En guise de mortiers, pris des ophicléïdes;
Mais je n'en suis pas sûr, et sur cet instrument
Je n'ai rien retrouvé dans l'Ancien Testament.
Nous sommes loin, mon cher, de ce temps de merveilles,
Les pistons d'à-présent nous cassent les oreilles,
C'est déjà bien assez, mais ils n'ont, j'en suis sûr,
Abattu de nos jours pas le plus léger mur.

Revenons à nos vers. Il me vient un scrupule,
Car toi qui, comme moi, vécus sous la férule
Du feu père Fouqué (1), (mon cœur reconnaissant
Veut jeter sur sa tombe une fleur en passant),
Tu dois te rappeler que lorsqu'un pauvre élève
Sentait en soi bouillir un peu de cette sève
Que Dieu donne au poète, il disait : Travaillez,
Faites des vers latins, et vous réussirez,
Mais pour des vers français, c'est bien une autre chose,
Croyez-moi, mon ami, n'écrivez rien qu'en prose,
Projicit ampullas, *sexquipedalia*,
Tous les vers de Boileau, d'Horace, *et cætera*,
Pour condamner l'erreur s'accumulaient en masse,
Le poète apprenti restait l'oreille basse.
Notre bon principal ne voyait rien de beau
Des poètes français que Racine et Boileau.
Si Laharpe en son cours n'avait dit le contraire,
Il eût, je crois, douté du talent de Voltaire,
Et Corneille, à son gré, pouvait être goûté
En raison du respect de la postérité.
Eh bien ! sitôt qu'en vers je veux rendre une idée,
Je vois toujours son ombre apparaître irritée
Et me jeter ces mots : Je te l'avais prédit,
Tu rimes en français, vas, tu mourras maudit.
La plume de mes mains tombe alors terrassée

Et je n'ose en rimant exprimer ma pensée :
Je me tais. Mais avant je te dirai : Grands Dieux !
Qu'as tu fait? qu'as tu dit? Ah ! que tu fus heureux
De ne pas t'adresser au sol de Provence,
Car si Dieu t'eût fait naître au midi de la France,
Et si tu provoquais nos méridionaux
A te répondre en vers, ô ciel tous les journaux,
Journaux géants pourtant, de nos deux Amériques
Ne sauraient contenir une de leurs repliques.
Mais fort heureusement, comme monsieur Jourdain,
On fait sans le savoir de la prose à Mortain,
On y fait peu de vers. Dieu ! de quelle avalanche,
Moins lourde que la neige, il est vrai, mais moins
As-tu failli sur toi provoquer le fardeau ! [blanche,
Crois-moi, mon cher Alfred, quand le temps sera beau,
Vas demander aux bois leur féconde influence,
Et ne viens rien chercher aux rives de la Cance (2).
En dépit de tes vers, ses eaux n'ont rien de bon
Que pour moudre des grains ou filer du coton ;
Son rivage est trop froid. Tu le vois la Naïade (3),
Qui se cachait au fond de la blanche cascade (4),
A déjà fui des bords que ne peut animer
Un seul rayon du Dieu qui te pousse à rimer.

Je finis en t'offrant pour la nouvelle année
Les souhaits d'un ami. Qu'elle soit fortunée
Et prospère pour tous, ainsi que je le veux !
Le Tout-puissant peut être exaucera mes vœux !
Je sens s'éteindre en moi la poétique flamme,
Pour ne rien oublier, mes respects à Madame.

2 janvier 1855

NOTES.

(1) M. Fouqué a été pendant cinquante ans principal fort estimé du collége de Mortain.

(2) La Cance, petite rivière très-commerçante qui passe à Mortain.

(3) La naïade, pseudonyme d'un des rédacteurs du Journal de Mortain.

(4) Les cascades que forme la Cance à Mortain sont très curieuses, et sont visitées par de nombreux voyageurs.

LE PONT DE CÉSAR A KÉRISPER

Légende Bretonne.

Du paysan breton la *légendomanie*
Ne garde pas toujours pour la chronologie
Un respect bien sacré.
L'époque dans l'histoire est pour lui lettre close ;
Par le récit suivant qu'en vers je vous expose
Le fait est consacré.
César n'est point ici l'homme de la victoire,
Jules, dont nous lisons, burinés dans l'histoire,
Les exploits surhumains ;
C'est un mythe, chez nous, par lequel on explique
Tout ce qu'a fait de grand dans la vieille Armorique
Le pouvoir des Romains.

Lorsqu'en partant d'Auray l'on descend la rivière,
Au-dessous du Plessis, on aperçoit la terre
Formant un angle aigu qui semble refouler

L'onde qui le contourne et s'efforce à couler.
Grâce à cet accident, de l'une à l'autre plage,
La mer rencontre là son plus étroit passage,
Et là croît des sapins, l'ombrage toujours vert.
On appelle ce lieu la pointe de *Kerisper*.
Au bout de cette pointe on retrouve un vestige
D'un ancien pont de bois, véritable prodige
De force et de grandeur, dont l'auteur inconnu
N'a pas laissé de nom qui nous soit revenu.
Je demandais un jour à qui la Renommée
Attribuait cette œuvre aujourd'hui ruinée.
A ce sujet voici ce qu'on m'a raconté :
Je traduis, je le jure, avec fidélité.

Monsieur César, maître de la contrée,
Aimait la chasse, et souvent dans les bois
On entendait la voix de sa meute acharnée
Qui tenait le cerf aux abois.
Or, un beau jour qu'en suivant une trace
Il parcourait le pays de Caër,
Probablement emporté par la chasse,
Il s'égara fort loin de Locmariaquer.
Si dans son chemin l'on s'égare,
Le mal n'est pas grand à présent,
Car, grâce au ciel, il n'est pas rare
De rencontrer un guide complaisant.
Dans ce temps-là c'était une autre antienne,
Dans les bois on craignait bien fort de s'égarer,
On y serait cent fois mort de faim sans qu'il vienne
Un chat pour vous en retirer.
Notre chasseur, ne sachant par où prendre,
Allait tout droit et sans trop se hâter,
Quand tout à coup il crut entendre
La voix d'un coq qui s'usait à chanter.
Oh ! oh ! cela tombe à merveille,
Pressons le pas ; la fatigue et la faim
Me font déjà baisser un peu l'oreille,
De mon guignon c'est peut-être la fin.
A deux cents pas de marche plus active,
S'offre un château qui lui parut assis
Dans le fond d'un vallon, entouré d'une eau vive,
C'était le château du Plessis.
Où suis-je ici? se dit-il, et qu'importe,

Car, ce château me fut-il ennemi,
Il faut manger ; puis il frappe à la porte.
Heureusement c'était chez un ami.
Le châtelain vint recevoir le Prince
En lui faisant un fort long compliment,
Qui sentait bien quelque peu la province,
Mais qui pourtant fut reçu dignement.
Chacun s'assied, et puis l'on cause ;
Le châtelain surtout parla
De chose et d'autre et d'autre chose,
Fort poliment notre prince écouta.
Vint le dîner, alors parut la fille
Du châtelain. Jamais fleur plus gentille
N'apparut aux regards de César ébloui.
Par Jupiter! se dit-il, qu'elle est belle!
Et ce qui lui parut encore plus inoui,
C'est qu'elle était aussi spirituelle
Que bonne. Hélas! le malin dieu d'amour
En peu d'instants se mit de la partie.
Le chasseur se coucha, puis rêva jusqu'au jour
Aux jolis yeux de la blonde Julie.
Déjà trois jours coulés dans le repos
S'étaient passés, comme un seul jour de fête,
En doux regards, puis en galants propos ;
De plus en plus César perdait la tête.
Que faire, hélas! dit-il en soupirant,
Julie est belle autant que vertueuse
Et je ne puis l'avoir qu'en l'épousant.
Tout enchanté de cette idée heureuse,
Il alla trouver le papa
Qui se chauffait au feu de sa cuisine.
Cette demande à l'instant le frappa
Et l'éblouit, ainsi qu'on le devine.
Après tout le parti lui semblait assez bon,
Aussi promit-il l'influence
Et l'autorité de son nom
Pour conclure aisément cette heureuse alliance.
Hélas! pourtant le proverbe nous dit
Fort sagement : souvent l'homme propose,
Fait des projets auxquels il applaudit,
Mais c'est en vain, car toujours Dieu dispose.
Tandis que le père et l'amant
De leurs projets se faisaient fête,

La belle rêvait tristement,
Ayant un autre amour en tête.
N'osant pourtant refuser nettement
Un prétendu d'une telle importance,
Elle croyait agir fort prudemment
En le tenant simplement à distance.
Je jure ici Notre-Dame-d'Auray,
Répondit-elle aussitôt à son père,
Qu'à son amour seulement je croirai,
S'il fait un pont sur la rivière
En imposant cette condition,
Elle comptait sur un refus plausible,
Elle croyait que l'exécution
De son pont était impossible.
Impossible à César ! à César bien épris !
Tu te trompais, infortunée !
Six mois après, on s'arrêtait surpris
Devant cette œuvre terminée.
César revint ; en galant prétendu
Il apportait les perles les plus fines.
Hélas ! Julie, au lieu de l'avoir attendu,
Avait caché ses pleurs et son amour perdu
Au fond d'un couvent d'Ursulines.

LES PIERRES DE CARNAC

OU

LE MIRACLE DE ST-CORNEILLE

Légende Bretonne.

A mes faibles accents prête aujourd'hui l'oreille,
Je chante tes vertus, bienheureux saint Corneille;
Quand d'illustrer ton nom j'ai le noble projet,
Daigne élever ma voix au niveau du sujet.

A neuf milles d'Auray, sur les bords de la plage,
Où du vieil Océan vient expirer la rage,
S'élève un joli bourg dont l'habile nocher,
Pour guide sur les flots, prend au loin le clocher.
C'est que de ce clocher la forme noble et fière.
Elève jusqu'au ciel son aiguille de pierre,
Et semblerait ainsi vouloir y reporter
Le signe du chrétien qui vient la surmonter.
C'est le bourg de Carnac, où l'on voit chaque année,
Des touristes lointains, la foule déchaînée

Qui se presse, se heurte et vient dès le printemps
Admirer les *menhirs* qui sillonnent ses champs.
A leurs yeux étonnés s'offre un spectacle étrange ;
Sur onze rangs de front, en bataille se range
Une armée en granit qui, partant du couchant,
A cinq milles plus loin va finir au levant.
Et ses pierres debout dans la terre plantées.
N'ont pu, grâce au hasard, être ainsi projetées,
Car partout on admire le même alignement.

Qui donc a pu construire un pareil monument ?
A le trouver chacun avec ardeur se livre,
Les savants là-dessus ont écrit plus d'un livre,
Exposant à l'envi des systèmes nouveaux,
L'un croit y voir un temple, un autre des tombeaux.
Un autre un monument pour rappeler la gloire
De quelque exploit fameux oublié par l'histoire.
Chacun a son avis et nul ne veut céder.
Cependant sur un point ils semblent s'accorder ;
Et sur ce point au moins leur idée est unique,
C'est que ce monument doit être druidique,
Et les Celtes ont pu, seuls de tous les humains,
Soulever de tels rocs de leurs puissantes mains.
Insensés ! de la foi vous avez la lumière
Et vous allez creuser dans le fond de la terre !
Tous vos écrits ne sont que des œuvres de fous,
Mon obscur cicérone est plus savant que vous.
Nous regardions tous deux cet étonnant spectacle :
— Ah ! monsieur, me dit-il, c'est un bien grand miracle !
Vos ne rirez pas, vous, je vais vous le conter.
Je m'assis sur un roc pour le mieux écouter.

Monsieur César régnait sur l'Armorique,
Mais, par malheur pour les pauvres chrétiens,
Il exerçait sur eux et sur leurs biens
Alors un pouvoir tyrannique.
De Jésus-Christ le culte vénéré
Etait proscrit sous peine de la vie ;
Plus de pasteurs, plus de temple sacré,
Partout le meurtre et l'incendie.
C'était ce temps affreux de persécution
Qu'on ne peut sans horreur rappeler ni décrire,
Temps de boue et de sang où la proscription

Vouait les vertus au martyre.
Dans ce temps-là, tout près d'Auray vivait
Un saint évêque, et malgré la tempête,
Calme et serein, saintement il suivait
Son chemin sans courber la tête.
Il maintenait les forts, rassurait les peureux,
Et ne craignait ni fatigue, ni veille,
Toujours debout au lit du malheureux,
Cet évêque était saint Corneille.
Béni partout et partout respecté,
Il avait fait déjà plus d'un miracle,
Mais par malheur sa popularité
Pour César était un obstacle.
Pour l'arrêter déjà plusieurs soldats
Etaient venus, mais frappés de la foudre,
Ou dispersés par ses brulants éclats,
Ils ne savaient plus que résoudre.
On redoutait que le peuple en fureur
Autour de lui n'ameutât la contrée,
Et pour frapper le pays de terreur,
César envoya son armée.
Notre bon saint ignorait le danger,
Et contre lui lorsqu'une armée entière
Se rassemblait et venait se ranger,
Il passait son temps en prière.
Un jour pourtant on vint le prévenir,
Trop tard déjà ; du côté de la terre
Cerné partout, il ne pouvait s'enfuir,
Et la mer était par derrière.
Il s'échappa, profitant de la nuit.
Comptant sur Dieu quand la fureur des hommes
Le poursuivait, vers Carnac il s'enfuit,
Et s'endormit dans la lande où nous sommes.
Le lendemain, il s'éveilla surpris
Par les soldats lancés à sa poursuite.
Entre la mer et eux se voyant pris,
Comment pouvoir tenter la fuite?
Le saint alors, dans cette extrémité,
Elevant vers le ciel une main suppliante,
Implore à deux genoux la divine bonté,
Recours de toute âme croyante.
O prodige ! à l'instant un long éclair a lui,
Puis la foudre a grondé, saint Corneille en prière,

Avec terreur regarde autour de lui....
L'armée était changée en pierres !!!

Voilà le vrai, Monsieur, vous remarquez d'ici
Tous les simples soldats, dont la ligne s'arrête
Au-delà du moulin que vous voyez aussi,
Les officiers sont à la tête.

LA CHAUSSÉE DE ST-CADO

Légende Bretonne.

J'abandonne aujourd'hui César et son histoire,
J'y reviendrai plus tard probablement;
Mais, avant tout, je veux en ce moment
Vous raconter un fait qui me vient en mémoire.
C'est encore d'un saint que je veux vous parler,
De Saint-Cado, dont l'heureux stratagème,
Inspiré par le ciel qui vint le lui souffler,
Attrapa le diable lui-même.
L'histoire ne dit point que le saint fut Breton,
Je le croirais plutôt ou Normand ou Gascon.
La rivière d'Etel, dont la barre est terrible
Aux abords de la mer, plus loin devient paisible;
Et la mer qui remonte en son cours incertain,
En trois rameaux égaux se divisant soudain,
Forme plusieurs ilots dont la riche verdure

Semble des oasis formés par la nature.
Auprès de Saint-Cado, bourg qui s'est élevé
Sous le nom de mon Saint et qui l'a conservé,
Est un de ces îlots. Une chaussée en pierre
De trois cents pieds de long le relie à la terre.
Ce travail quoique brut offre de la grandeur;
De la mer et du temps combattant la fureur
Rien n'a pu l'ébranler. Si vous voulez connaître
L'auteur de ce travail, quelque savant peut-être
Vous dira que cette œuvre est encor des Romains.
Erreur ! toujours erreur ! Aucuns moyens humains
N'ont jusqu'au fond des flots bâti cette jetée.
Sa véritable histoire est ainsi racontée:

C'était du temps où la religion
De Jésus-Christ nous était inconnue.
L'époque n'est pas bien connue;
Mais c'était bien avant la Révolution.
Saint Cado vint habiter le canton;
Il apportait avec lui la lumière,
Mais il avait beaucoup à faire,
Car le pays croupissait tout entier
Dans l'ignorance et dans l'idolâtrie,
Et jusqu'alors il était le premier
Qui vint en face affronter la furie
Des sectateurs du culte des faux dieux.
Comment eût-il redouté l'insolence
Des imposteurs puisqu'il avait contre eux
Pour le guider la divine assistance?
D'ailleurs il était homme à payer de retour,
Et sans tarder, toute injuste poursuite,
Car il avait à son sac plus d'un tour,
Comme on le verra dans la suite.
Dès son début il alla s'établir
Dans notre ilot dont la fraîche verdure
L'avait charmé; mais là vinrent s'offrir
Plus d'un péril et plus d'une aventure,
Car, sans parler des piéges des méchants
Que sous ses pas partout dressait l'envie,
Il eut encore à chasser les serpents
Dont toute l'île était remplie.
Il poursuivait sa sainte mission,
Prêchant partout sans craindre les obstacles :

Aux ennemis de la religion
Il répondait par des miracles.
Dans son orgueil irrité, le lutin
Contre le Saint voulut lutter lui-même;
Il fut dompté malgré sa ruse extrême,
Et comme un autre il perdit son latin.
Le saint bâtit dans l'île un fort beau monastère
Dont il ouvrit la porte aux malheureux;
En peu de temps il devint si fameux
Qu'on y courait de la Bretagne entière.
Il n'avait plus à craindre le démon
Qui, tout honteux de sa défaite,
S'était caché dans sa retraite,
Attendant une occasion.
Les pèlerins abondaient dans son île,
Mais par malheur il fallait passer l'eau
Pour voir le Saint; il n'était pas facile
De transporter tant de monde en bateau.
Pour pouvoir faire à pied la traversée
Qui séparait l'île du continent,
Il voulut donc construire une chaussée.
Le Saint comme on le voit était entreprenant.
Mais comment faire? il était impossible
Humainement d'aller au fond des eaux
Fonder un mur qui fût insubmersible
Et résistât à la fureur des flots.
Fallait-il donc, pour lever cet obstacle,
Importuner encore le Tout-Puissant?
Il n'est pas bon d'abuser du miracle,
On ne s'en sert que dans un cas pressant.
Parbleu, dit-il, il me vient une idée:
Le Diable et moi nous sommes assez bien,
Et s'il le veut il fera ma chaussée;
Essayons-en, c'est le meilleur moyen.
De me voler il tentera sans doute,
C'est un fripon et un fripon adroit,
Mais il sait bien qu'après tout je redoute
Fort peu sa ruse; il faudra marcher droit.
Sans plus tarder il fait mander le Diable
Qui vint bientôt voir ce qu'il désirait.
Le Saint lui demanda s'il se sentait capable
D'exécuter ce qu'il en espérait.
Le Diable dit: Je consens à souscrire

A vos projets et je vais essayer
En une nuit, à moi seul, de construire
Votre travail ; mais il faut me payer.
C'était juste, après tout. Pour conclure l'affaire
On discuta longtemps et chacun défendit
Son intérêt et le taux du salaire,
Puis à la fin pourtant on s'entendit.
L'acte portait écrit en traits de flammes :
Par le présent, je donne à Lucifer
Le droit de conduire en enfer
Et d'y garder la première des âmes
Qui passera sur le travail nouveau
Qu'il doit bâtir. Fait et signé : Cado.
De l'autre part : *Accepté par le Diable.*
Or, chacun se croyait capable
D'attraper l'autre. On jouait au plus fin.
Le Diable en une nuit termina son ouvrage,
Et s'en alla le lendemain matin
Le dire au Saint, puis courut au passage
Guetter sa proie et saisir son butin.
Le Saint se lève, il cache sous sa robe
Un chat qu'il gardait tout exprès
Et qu'avec grand soin il dérobe
Aux regards, puis il feint d'approcher de plus près
Pour admirer. Le Diable rit sous cape,
Il voit le Saint pas à pas s'avancer
Et croit déjà le tenir ; l'autre attrape
Le pauvre chat et le force à passer
Du côté du démon. Voilà l'âme promise,
Lui dit-il en riant, il passe le premier
De ton côté. La première surprise
Empêcha tout d'abord le Diable de crier.
A la fureur la surprise passée
Fit bientôt place, et se voyant joué,
Il voulut à l'instant détruire la chaussée.
Il commençait déjà quand il se sent cloué
Sous l'étreinte du Saint qui bientôt le culbute
Et le tient terrassé. Cependant dans la lutte
Le Saint glissa. On aperçoit toujours
L'empreinte de son pied incrusté dans la pierre,
Et cet endroit est encor de nos jours
Marqué par une croix grossière.

LES AMOURS DE MERLIN ET DE LA BELLE VIVIANE

OU

L'AUBÉPINE DE LA FORÊT DE BROCÉLIANDE

Légende Bretonne.

Je vous avais promis de vous conter l'histoire
De quelque saint, mais hélas ! la mémoire
Me fait défaut. Plus tard je chercherai ;
Si l'on m'en dit encor je vous les traduirai ;
Et l'on m'en contera, car dans les temps barbares
Les miracles des saints n'étaient parbleu pas rares,
Surtout si l'on en croit les paysans bretons ;
Je reviendrai plus tard à mes moutons.
Je quitte le sacré pour passer au profane.
Il faut un peu chanter sur tous les tons.
Pour aujourd'hui, la belle Viviane
Et l'enchanteur Merlin, dont je dis les amours,
Sont ceux que j'ai choisis, mais en restant toujours
Fidèle à ma vieille légende.
Mes écrits ne sont point suspects de contrebande.

Ce que je vous raconte on me l'a raconté,
Certes, moi, pour ma part, je n'ai jamais douté
De la sincérité de ma touchante histoire,
Puisque je vous la dis, vous devez bien y croire.

Près de Tréhorenteuc, non loin de Ploërmel,
On voit une forêt qui porte jusqu'au ciel
Ses vigoureux rameaux et sa fraîche verdure.
Jamais la main de l'art, en gâtant la nature,
N'a tenté de soumettre à ses mesquines lois
La sauvage beauté de ces antiques bois.
Où Dieu les fit pousser, les aubépines blanches,
Avec les coudriers entrelaçant leurs branches,
Offrent de frais berceaux que ne peut traverser
Un rayon de soleil impuissant à percer
L'ombrage bienfaisant du chêne séculaire.
Tout, au fond de ces bois, est fraîcheur et mystère;
Et leur profond silence a cette majesté
Que notre âme, partout, prête à l'immensité.
La forêt de Paimpont, c'est son nom prosaïque,
S'appelait autrement dans l'ancienne Armorique.
Les hommes, oubliant les illustrations,
Ont perdu tout respect pour les traditions;
Car, si l'on s'en rapporte à ma vieille légende,
Son véritable nom était Brocéliande.
Eh! quoi, Brocéliande! Est-ce donc en ce lieu
Qu'avec son seul courage et le secours de Dieu
Ce roi qu'on nomme Arthur fonda la Table-Ronde
Dont les exploits fameux ont fait le tour du monde?
A ce nom seul, je vois tous ces fiers chevaliers,
Les lances en arrêt, serrant leurs boucliers,
S'élancer au combat, courir à la victoire,
En laissant derrière eux un long sillon de gloire.
Là, je retrouve encor ce vallon si fameux
Où le brave Portbus, un de ces anciens preux,
Soutenant à lui seul les efforts d'une armée,
Et sentant dans sa main se briser son épée,
Fut sauvé par Dieu seul, auquel il eut recours.
Ce vallon fut nommé : Vallon de Bon-Secours.
Là, je retrouve aussi cette fraîche fontaine
Où jadis le seigneur de ce puissant domaine,
Quand un soleil brûlant dévorait le canton
Et menaçait l'espoir d'une riche moisson,

Aspergeait de cette eau si limpide et si belle
La pierre de granit qui forme la margelle.
Soudain le voyageur s'arrêtait, étonné,
Car, de quelque côté que le vent fut tourné,
On voyait à l'instant la bienfaisante pluie
Rafraîchir le côteau, reverdir la prairie,
Et rendre au laboureur l'espoir dans l'avenir.
Partout, devant vos yeux, se dresse un souvenir.
Un autre, plus habile, en compulsant l'histoire,
Choisira pour ses chants les héros et la gloire;
Chacun son goût, pour moi je préfère à mon tour,
Aux souvenirs de gloire un souvenir d'amour.

Au temps jadis, je parle de longtemps,
Les enchanteurs, les gnômes et les fées
Etaient partout respectés et puissants,
Et des humains réglaient les destinées.
Certains d'entreux, bien loin d'être méchants,
Aux malheureux prêtaient leur assistance;
D'autres aussi se montraient malfaisants
Et vers le mal dirigeaient leur puissance.
Parmi les bons et parmi les savants
Etait Merlin, de qui la renommée,
En surnageant sur le fleuve des ans,
Jusqu'à notre âge est encore arrivée.
Il était beau, fort bien fait, généreux,
On le citait partout comme un modèle.
On dit aussi qu'il était amoureux,
Et quelquefois même infidèle.
Or, un beau jour qu'il errait dans les champs,
A son oreille une voix douce et pure
Fit entendre un chant frais comme un jour de printemps
Et simple comme la nature.
Il s'arrête étonné, puis, au bord d'un ruisseau,
Il admire une jeune et fraîche paysanne
Qui se mirait dans le cristal de l'eau :
C'était la belle Viviane.
La voir, l'aimer, pour le jeune enchanteur
Ce fut tout un. Il la trouvait si belle,
Qu'il oublia tout projet séducteur
Et l'aima d'un amour fidèle.
Comment à tant d'amour eût-elle résisté ?
Quand on est beau, qu'on est jeune et qu'on aime,

Est-il besoin de charme ou de philtre enchanté ?
Le véritable charme est votre amour lui-même !
Elle l'aima donc avec tout l'abandon
D'un cœur naïf et sans coquetterie :
Amour si pur, qui du ciel est un don,
Et qui ne doit finir qu'avec la vie.
Quels doux serments, quels transports amoureux
Virent dès lors augmenter leur ivresse !
Et chaque jour Merlin, se voyant plus heureux,
Sentait accroître sa tendresse.
Il lui montra bientôt tous ses secrets
Et lui soumit l'infernale puissance;
Elle apprit, du destin, à dompter les arrêts
En pratiquant la magique science;
Elle sentit surgir ses nobles facultés,
Qui dormaient sans culture et dans l'ombre étouffées;
Elle devint célèbre entre les plus vantés
Et la plus puissante des fées.
Dans la forêt, pour cacher leur amour,
Ils habitaient une grotte ignorée,
Vrai nid d'amants, impénétrable au jour
Et protégé par l'épaisse feuillée.
Un jour qu'ils parcouraient leur domaine enchanté
En folâtrant, la fraîcheur de la mousse,
Vers le milieu d'un brûlant jour d'été,
Les fit s'asseoir au bord d'une limpide source.
Ils se trouvaient à l'ombre d'un berceau
Que formait sur leur tête une aubépine blanche :
L'amoureux rossignol, appuyé sur la branche,
Egayait de ses chants l'odorant arbrisseau.
Nonchalamment étendu tout près d'elle,
Merlin, vaincu par la grande chaleur,
S'endormit doucement sur le sein de sa belle :
Son rêve était encore un rêve de bonheur.
Viviane, craignant qu'il ne fût infidèle,
En voyant sur son sein dormir son jeune amant,
Et voulant le forcer de lui rester fidèle,
De ne plus le quitter fit tout bas le serment.
Avec grand soin, sans bruit et sans secousse,
Elle sut retirer et poser sur la mousse
La tête de Merlin qui sommeillait toujours;
Au pouvoir de son art alors elle eut recours.
Neuf fois elle entoura dans un cercle magique

L'aubépine fleurie avec le chêne antique
Qui couvraient de leur ombre et de leurs frais rameaux
Le sommeil de Merlin ; puis, prononçant des mots
Inconnus aux mortels, neuf fois de sa ceinture
Elle entoura ce cercle et, contre la nature,
A son aide appela le secours de l'enfer
Et jusque dans sa cour fit trembler Lucifer.
Neuf fois aussi l'éclair vint sillonner la nue ;
Neuf fois elle sentit trembler la terre émue.
Satan, voyant qu'en vain il aurait combattu,
Apparut tout confus et dit : — Que me veux-tu ?
— Ecoute-moi, Satan ! Tu sais qu'à ma puissance
Tu ne peux refuser ta prompte obéissance,
Que, soumis à mes lois, tu ne peux résister ;
Et que quand je commande il faut exécuter :

Je veux que ce chêne antique
Soit une tour magnifique
Où Merlin soit enfermé.
Je veux que cette aubépine
Devienne une blanche hermine
Qui couvre mon bien-aimé.
Et pour qu'à jamais ce charme
Désormais me soit une arme
Contre l'infidélité,
J'ordonne que ma puissance
Seule puisse à sa constance
Rendre un jour la liberté !

Tu m'as compris, Satan ? Le démon s'inclina,
Puis travailla dans un profond silence.
En peu de temps il termina
Et, satisfait de son obéissance,
Dans l'enfer vite il retourna.
Et l'enchanteur dormait ! La séduisante fée
Reprend vite sa place. Auprès de lui couchée,
Elle remet doucement sur son sein,
Sans l'éveiller, la tête de Merlin.
Mais quand il s'éveilla, plus tard, vous jugez comme
Il dut ouvrir les yeux, au sortir de son somme !
Il regarde partout, puis il regarde encor,
Et partout à ses yeux brillent la pourpre et l'or.
Il se voyait couché sur un lit magnifique

Des perles, des rubis constellaient sa tunique,
Du fond de l'Orient les produits odorants
Exhalaient, en brûlant, leurs parfums enivrants;
Mais il se vit captif dans une tour immense
Qu'élevait, pour lui seul, la magique puissance,
Et reconnut bientôt que, malgré son pouvoir,
De sortir de ces lieux il n'avait plus d'espoir
Sans le bon vouloir de la fée.
— Viviane, dit-il, toi que j'ai tant aimée,
Que j'aime encor du plus sincère amour,
Tu crains, dis-tu, de me voir infidèle;
Ecoute-moi, je jure sans retour
Que, quand tu le voudrais, si tu restes fidèle,
Je refuserai, moi, de quitter cette tour.

Tous deux y sont encor. Leur unique constance
Des siècles et du temps fatiguent l'impuissance.
La tour existe aussi, mais invisible aux yeux.
Cependant un pouvoir caché, mystérieux,
Eloigne de ce lieu la bête venimeuse,
Qui meurt en s'approchant de cette terre heureuse.
L'aubépine offre en vain son parfum odorant,
La mouche même hésite et s'enfuit en volant.
Par une belle nuit, parfois, sous la feuillée,
Vous entendez chanter, c'est la voix de la fée,
Qui redit à Merlin, comme à son premier jour,
Avec son même accent, son même chant d'amour.

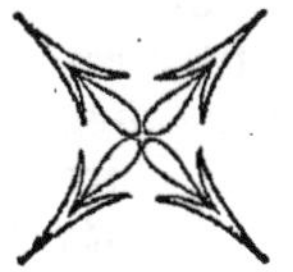

SAINT GEORGES ET LE DRAGON

Légende Bretonne.

Je vous avais promis de vous conter, plus tard,
Des miracles de saints ; voilà que le hasard
Dans mes mains, l'autre jour, fit tomber un vieux livre
Que, pour l'épicier, on vendait à la livre.
Les Saints de la Bretagne, ainsi s'intitulait
Le vieux bouquin ; ce titre rappelait
Tout justement à ma mémoire
Ma promesse, et pouvait me fournir une histoire.
J'ouvre au hasard et vois : *Saint Georges et le Dragon*.
Saint Georges ! Eh quoi ! ce saint serait-il donc Breton ?
Ainsi, ce cri fameux : Saint Georges et l'Angleterre,
Que les fils d'Albion ont pris pour cri de guerre,
Invoque un saint d'emprunt qui n'est pas né chez eux,
Puisque nous le comptons parmi nos bienheureux.
L'anglais prenant partout de cette fois encore

Pilla jusqu'au patron que, sans titre, elle honore. (*)
Je réclame mon Saint. Partout où l'on parvient
A retrouver son bien, de droit il vous revient.
Ne croyez pas au moins que ce soit fanastime,
Non, c'est tout simplement chez moi patriotisme.
Je tiens à celui-ci parce qu'il est à nous,
De tout autre, à coup sûr, je serais peu jaloux.
Tout le monde connaît saint Georges et son histoire,
Pourtant en général on sait peu sa victoire.
Il vainquit le dragon, c'est fort bien, mais comment?
Fort peu savent ce fait bien positivement.
Je vais vous le conter sans craindre la critique,
Car je parle d'après un auteur authentique.

Auprès de Languidic, sur le haut d'un plateau,
On voit une chapelle à côté d'un hameau.
C'est là que du Hayo s'étend l'immense lande,
Qui, par sa nudité, parait encore plus grande.
Sur ce sol de granit, abandonné du ciel,
Semble régner sans cesse un hiver éternel.
Rien ne vient animer cette aride nature,
Le printemps est sans fleurs, l'herbe y croît sans verdure,
Et lorsque vient l'automne à sa sombre couleur,
L'ajonc mêle à regret le jaune de sa fleur.
Quelques rares menhirs qui, dans la lande nue,
Viennent de loin en loin arrêter votre vue,
Semblent des criminels condamnés par le sort
A garder jour et nuit un vaste champ de mort.
Au milieu de la lande, et creusé dans la roche,
S'entr'ouvre un large trou qui tourne et se rapproche
D'un autre trou moins grand. Par un passage droit
Qui va de l'un à l'autre et devient plus étroit,

(*) Il ne faut cependant pas trop accuser les Anglais de s'être approprié saint Georges, dont l'origine n'est pas plus sûre que celle de beaucoup de saints des premiers siècles de l'église bretonne. Les auteurs anciens qui ont écrit leurs actes se sont servis du mot latin *Britannia*, qui désignait aussi bien l'Angleterre que la Bretagne armorique. De là le doute sur l'origine véritable d'un très-grand nombre de saints.

Les deux trous sont liés. C'était là la retraite
Du monstre dont saint Georges accomplit la défaite.
Dans le plus grand des trous il pliait en cerceaux
Les énormes replis de ses nombreux anneaux.
Dans le passage étroit la redoutable bête
Avait passé son col, et sa hideuse tête
Etait dans le petit. On n'en saurait douter,
Car les deux trous sont là qui peuvent l'attester.
Peut-être qu'en cherchant de la pierre de taille
On pourrait au besoin retrouver une écaille,
Mais je n'affirme rien. Je ne suis point menteur ;
Donc, de peur de soupçon, laissons parler l'auteur :

C'était le temps où l'Ophiolâtrie
Régnait encore ainsi que les faux Dieux;
Temps malheureux, siècle de barbarie,
Où si longtemps vécurent nos aïeux.
De Languidic, la paisible contrée
Vivait sans crainte, exempte de danger,
Quand tout-à-coup elle fut atérée
Par un fléau subit qui vint la ravager.
On apprit qu'un Dragon, sorti des noirs abîmes
Et déchaîné par Lucifer,
Etait sorti des gouffres de l'enfer,
Et partout sur sa route entassait des victimes.
Il ne respectait rien, hommes, femmes, enfants,
Jeune fille ou vieillard; partout sur son passage
On rencontrait les restes palpitants
Des malheureux succombés sous sa rage.
Et le canton, pour comble de douleur,
N'espérait pas de sitôt s'en défaire,
Car il avait pris, par malheur,
Le haut du Hayo pour repaire.
Plus d'un guerrier, d'un courage éprouvé,
Avait bravé sa terrible puissance
Et l'avait combattu; mais tous avaient trouvé
Un trépas sans merci pour prix de leur vaillance.
Par quelle arme, en effet, et comment terrasser
Cet ennemi? De solides écailles
Entouraient tout son corps d'un triple rang de mailles
Qu'aucun effort humain ne pouvait traverser.
On se rendit, ne pouvant pas combattre,
Et vers le monstre on convint d'envoyer

Des députés. On en adopta quatre
Qui consentaient, par leur mort, à payer
La triste paix que l'on espérait faire.
Les députés allèrent en tremblant
Supplier le dragon au fond de son repaire,
Et se livrer à son instinct sanglant.
Le monstre, contre leur attente,
Ne leur fit aucun mal, et même il entendit
Avec quelque plaisir leur prière touchante,
Puis sur le champ il répondit :
Je consens à laisser tranquilles
Les habitants de ce canton,
Et puisqu'ils se montrent dociles
Et qu'ils implorent mon pardon,
Dès ce jour je fais la promesse
De cesser leur punition.
Je prends en pitié leur détresse,
Mais voilà ma condition :
J'exige qu'une jeune fille
Me soit remise tous les ans ;
Mais je veux-qu'elle soit gentille
Et qu'elle ait au plus vingt printemps.
J'ai dit. Hélas ! dans toute la contrée
On accepta la proposition,
Et le dragon, gardant la foi jurée,
Ne commit plus de dévastation.
Mais depuis lors, dans la saison nouvelle,
Quand le printemps reverdissait les fleurs,
Une victime jeune et belle
Que conduisait une famille en pleurs,
Etait livrée au monstre, à mourir condamnée.
Depuis longtemps ce tribut monstrueux
Strictement, au dragon, se payait chaque année,
Lorsqu'arriva, voyageant dans ces lieux,
Un chevalier d'un courage indomptable
Dont les vertus égalaient la valeur.
Pour le faible surtout se montrant secourable,
Il vouait son courage à l'aide du malheur.
C'était saint Georges. Outre sa bonne épée
Il avait pour soutien et pour guide la foi,
Que dans bien des périls il avait retrempée
En prêchant aux païens la bienfaisante loi
Du Dieu martyr ; car une foi nouvelle,

La foi du Christ, à ce peuple égaré
Se révélait, et cette loi si belle
Commençait à briller sur le monde éclairé.
Saint Georges, en battant la contrée,
Par hasard un jour rencontra,
Dans son chemin, une vierge éplorée
Dont le chagrin tout d'abord l'étonna.
— Pourquoi pleurer? lui dit-il, ô ma fille!
Et d'où vous vient cette grande douleur?
Auriez-vous donc perdu votre famille?
Eh quoi, si jeune et déjà le malheur!
— Bon chevalier, vous souffrez de mes larmes,
Répondit-elle; hélas! votre valeur,
Votre désir ni vos puissantes armes
Ne peuvent rien, rien contre ma douleur!
En peu de mots la jeune infortunée
Eût raconté que, victime du sort,
Elle devait se livrer cette année
Et racheter son pays par sa mort.
Le Saint, ému de l'aspect de ses larmes,
Lui répondit: — Calmez votre douleur;
Ma confiance entière est ailleurs qu'en mes armes,
Elle est en Dieu, qui guide ma valeur.
Je crains peu le dragon, de sa fatale atteinte
J'espère vous sauver avec l'aide de Dieu;
Montez sur mon cheval, vous le pouvez sans crainte,
Et guidez-moi vers ce terrible lieu.
Saint Georges alors se livre à la prière,
Il comprenait que ce cruel dragon,
Qui décimait une contrée entière,
Etait sans doute un suppôt du démon.
On arriva sur le haut de la lande
Où reposait le dragon endormi.
Saint Georges encore à Dieu se recommande
Et se prépare à frapper l'ennemi.
— Que me veux-tu? dit le monstre avec rage,
Et comment oses-tu venir me réveiller?
Es-tu donc las de vivre, ou ton faible courage
Tenterait-il de vouloir m'effrayer?
Le Saint d'abord eut recours à la ruse:
— Maître, dit-il, cesse de t'irriter.
De te troubler je te demande excuse,
C'est ton tribut que je viens t'apporter.

Le monstre alors, sans plus de défiance,
Et fort content, regarde par dehors.
Satisfait de sa proie, en rampant il avance,
Montrant à découvert la moitié de son corps,
Puis il ouvre la gueule. Au même instant saint Georges,
Qui suivait du dragon le moindre mouvement,
Sans plus tarder, profite du moment
Et plonge par trois fois sa lance dans la gorge
Du monstre enfin vaincu. Puis son noble coursier,
Ecrasant sous ses pieds et le corps et la tête,
Achève l'œuvre de l'acier
Et du monstre expirant complète la défaite.

Dans ce combat, saint Georges enfin vainqueur
Eleva vers le ciel sa voix reconnaissante,
Et de sa compagne tremblante
Il essaya de calmer la peur.
En peu d'instants pourtant la jeune fille
Reprit ses sens et gaiement respira.
Bientôt le Saint la rassura
Et la rendit à sa famille.
Je vous ai dit la stricte vérité.
Ce combat est réel, quoi qu'on en puisse dire,
Et je me suis donné la peine de l'écrire
Pour garantir son authenticité.

LE SIRE DE BÉLÉAN

Légende Bretonne.

Les miracles des saints que je vous ai contés,
Et qui sont de nos jours à bon droit si vantés,
Datent des premiers temps de notre ère chétienne ;
Je vous ai même dit une histoire payenne
Que je crois plus ancienne ; et pourtant mon auteur
Ne fixe point l'époque où vivait l'Enchanteur ;
Mais il commet souvent de telles incartades.
Je m'en vais aujourd'hui passer jusqu'aux croisades
Et je saute d'un bon six siècles à la fois.
Je suis peu scrupuleux et ne suis point les lois
Du strict historien, car la chronologie
N'est pas mon fort. Ma seule fantaisie
Dicte mon choix, et sitôt qu'il est fait,
Je prends la plume et raconte le fait
Comme on me l'a conté. Vous me direz peut-être

Que j'en passe beaucoup qui sont bons à connaître.
J'en ai sauté beaucoup, sans doute, et des meilleurs,
Mais ceux que j'ai sautés auront leur place ailleurs.
Et puis, faut-il ici parler avec franchise?
J'aime prendre mon temps et conter à ma guise.
Les miracles sautés peut-être auront leur tour:
On n'a pas, comme on dit, bâti Rome en un jour.

Le chemin qui, partant de la ville de Vanne,
Conduit directement au hameau de Sainte-Anne,
Lieu célèbre entre tous et cher au pèlerin,
Traverse en son parcours le pays de Plœren.
Sur le bord de la route une chapelle antique
Aux regards des passants offre sa croix gothique.
On prétend qu'autrefois des pèlerins nombreux
Offraient à son autel leurs encens et leurs vœux;
Aujourd'hui ruinée, à son humble toiture
Le temps a, dans son vol, laissé plus d'une injure.
Pourtant elle conserve encore du renon.
Au lieu de Bethléem, son véritable non,
C'est Béléan qu'ici le paysan l'appelle.
Deux tableaux suspendus aux murs de la chapelle
Frappent le visiteur, qui ne peut deviner
Les sujets que le peintre a voulu dessiner.
Le premier des tableaux nous offre la figure
D'un chevalier Breton couvert de son armure,
Monté sur son coursier et déployant au vent
L'étendart du Croisé. Dans le tableau suivant,
L'artiste représente une foule animée
De paysans bretons, qui se montre empressée
Autour d'un large coffre et cherche à découvrir
Le moyen le plus prompt de le pouvoir ouvrir.
Deux guerriers sarrasins, cernés par cette troupe,
Se tiennent près du coffre et complètent le groupe.
Beaucoup de voyageurs, beaucoup de curieux,
Ainsi que moi sans doute ont visité ces lieux;
Ainsi que moi peut-être en fouillant leur mémoire,
Ils se sont demandés dans quel fait de l'histoire
L'artiste avait puisé son inspiration.
Hélas! probablement leur pénétration
S'est trouvée en défaut aussi bien que la mienne,
Ce n'est qu'en consultant la légende chrétienne
Que j'ai pu m'expliquer l'un et l'autre tableau.

J'en fais ici l'objet de ce récit nouveau.

Un cri sinistre a retenti soudain
Dans l'Occident, c'est un long cri de guerre.
Il est parti des rives du Jourdain
En soulevant l'un et l'autre hémisphère.
A cette voix le monde entier s'émeut
En frémissant, on a crié vengeance!
Et le Chrétien avec ardeur s'élance
En répétant : Dieu le veut ! Dieu le veut!
Un saint ermite arrivant de la terre
Qui garde encore le tombeau du Sauveur,
A son retour a conté la misère
Dont l'Infidèle accablait la ferveur
Du vrai chrétien; et sa voix inspirée
A soulevé des millions de soldats
Qui tous ont pris pour devise sacrée
La blanche croix qui les guide aux combats.
Dans tous les rangs, chevalier, duc ou comte,
Prince ou manant tous ensemble ont juré
A l'Infidèle une vengeance prompte,
Et de mourir sous l'étendard sacré.
Alain-Fergent alors de la Bretagne
Etait le duc; fervent et courageux,
Un des premiers il se mit en campagne,
Accompagné de chevaliers nombreux
Qui tous Bretons, pour lui servir d'escorte,
Avaient quitté le repos du château.
Parmi ces preux, dans la noble cohorte
Se distinguait le sire du Garo.
Plus d'un guerrier, en mordant la poussière,
Avait senti sa valeur au combat;
Bref, il s'était montré dans cette guerre
Chef valeureux, intrépide soldat.
Or, du Garo, dont je viens de vous dire
Et la valeur et le noble renon,
De Béléan était alors le sire;
Mais il n'avait pas encore ce nom.
Les Sarrasins, redoutant son courage,
De le surprendre avaient tenté souvent,
Mais il savait échapper à leur rage
En se montrant courageux et prudent.
Pourtant, un jour, comme il faisait le siége

De Bethléem (*), le vaillant chevalier,
Par trahison fut conduit dans un piége
Et fait captif avec son écuyer.
Le lendemain, grande fut l'allégresse
Des Sarrasins. Pour voir le prisonnier,
De toutes parts on accourt, on s'empresse
Et nul ne veut arriver le dernier.
On s'embrassait. La foule enthousiasmée
Dans le succès oublait ses malheurs,
Comme si des Chrétiens elle avait vu l'armée
Mettre en fuyant un terme à ses longues terreurs.
Deux jours après tous les chefs s'assemblèrent
En grand conseil, car il fallait juger
Les prisonniers, qui bientôt arrivèrent
Chargés de fers de crainte de danger.
Juger! hélas! ils l'étaient par avance
Et leur procès fut bientôt terminé!
En peu de mots on leur lut leur sentence:
C'était la mort! On l'avait deviné.
C'était la mort! mais une mort hideuse
Qu'on n'infligeait qu'aux plus grands criminels;
La mort du brave eût été trop heureuse;
Ils avaient peur, ils se faisaient cruels.
Le lendemain, sur une mer profonde,
Les deux captifs, dans un coffre enfermés,
Devaient être exposés aux caprices de l'onde
Sous les regards des Sarrasins charmés.
Pour commencer de suite leur torture,
Dans un grand coffre on les cloua tous deux.
Et pour se prémunir contre toute aventure,
Deux soldats sarrasins durent veiller sur eux
Pendant la nuit. Hélas! plus d'espérance!
Qui donc eût pu venir à leur secours?
Qui donc eût pu soulager leur souffrance?
Nul ici-bas. Dieu fut leur seul recours.
Tournés vers Dieu, leur fervente prière

(*) Il est bien entendu que je ne prends sur moi ni le siége de Bethléem, qui n'a jamais été fait, que je sache, ni la mer dans le voisinage de cette ville. Je laisse le tout à la légende.

Vers lui monta car ils avaient la foi,
La foi qui sauve et qui, vive et sincère,
Du Dieu vivant ne connaît que la loi.
Du haut des cieux un regard de clémence
Tomba sur eux. L'ange consolateur
Vers eux vola; Dieu voyait leur souffrance
Et leur prêtait son appui protecteur.
Le lendemain, au lever de l'aurore,
Un chant joyeux a soudain retenti,
Un chant breton, à l'air vif et sonore!
De quelle bouche est-il sorti?
C'est un chant du pays! O comble de merveilles!
On parle aussi. Les prisonniers surpris,
Avidement ont prêté les oreilles,
C'était encor la langue du pays!
D'étonnement leur âme est confondue.
Quel est cet air qui leur dit d'espérer,
Et quelle voix ont-ils donc entendue?
Quel est l'ami qui vient les rassurer?
Alors bientôt ils ont repris courage,
A la surprise a succédé l'espoir
Et les captifs, sans tarder d'avantage,
Appellent à grands cris ceux qu'ils ne peuvent voir.
On les entend, une foule empressée
Court droit au coffre où s'entendaient les cris.
En peu d'instants la serrure est brisée,
Les deux captis s'offrent aux yeux surpris.
On se regarde. O surprises nouvelles!
Ces paysans accourus si joyeux,
Ce vieux donjon et ces sombres tourelles
Qu'il reconnaît, qu'il a devant les yeux,
C'est son château! le château de ses pères!
Il est chez lui! ce sont là ses vassaux!
Doux souvenirs, images toujours chères,
Il vous retrouve et voit finir ses maux!
C'est que de Dieu la puissance infinie,
Les arrachant aux mains des ennemis,
Les avait transportés jusque dans leur patrie
Avec les deux soldats par son souffle endormis.
Le chevalier, à Dieu toujours fidèle,
En souvenir d'un aussi grand bienfait,
A fait bâtir ici cette chapelle,
Et ces tableaux vous retracent le fait.

A son retour, le Duc, pour récompense
De ses hauts faits, lui donna le surnom
De Béléan qu'il dut à sa vaillance.
Ses descendants ont conservé ce nom.

LE

VILLAGE DE LA VRAIE-CROIX

Légende Bretonne.

Il fait un temps affreux, l'eau tombe par torrents,
Et du coin de mon feu j'entends hurler les vents.
Quoi donc faire aujourd'hui ? vous conter une histoire?
Allons, mettons-nous y, fouillons notre mémoire.
C'est pour vous amuser, mon labeur est bien doux,
Ce n'est plus un travail puisqu'il est fait pour vous.
J'en étais, je le crois, au temps de la croisade,
De méthode, il est vrai, je ne fais point parade,
Je vous l'ai déjà dit, mais l'époque me plait ;
Et puis sur ce temps-là j'ai mon sujet tout prêt.
L'autre jour en veillant, sans que je le demande,
On m'a dit justement une vieille légende
Comme vous les aimez. Je vais vous la conter.
Je commence à l'instant, c'est à vous d'écouter.

Non loin de Questembert il est une colline
D'où l'œil du voyageur facilement domine
Le pays d'alentour. Le terrain inégal
Descend en se tordant du sommet de *Tostal*,
C'est le nom de ce lieu, jusqu'auprès d'un village,
Et la colline alors, qui soudain se partage,
Va se creuser au loin en de riants vallons.
Ce village est chétif. Douze à quinze maisons
Montrent leurs toits verdis d'une mousse éternelle.
A chaque extrémité s'élève une chapelle.
Une pieuse main, dans ces temps de ferveur,
Les dédia sans doute au culte du Sauveur,
Et cette même main, en son œuvre savante,
Décora leurs arceaux de l'ogive naissante.
Quelle cause a donc pu, dans les siècles passés,
Fonder ces monuments l'un sur l'autre entassés?
Qui donc a pu bâtir chapelle sur chapelle
Dans ce pauvre hameau? Son nom nous le rappelle.
Village de la Croix, c'est le nom bien connu
Qui, des siècles passés, jusqu'à nous est venu;
Ou plutôt *Vraie-Croix*, c'est ainsi qu'on appelle
Ce village où l'on voit l'une et l'autre chapelle.
La légende qu'ici je vais vous raconter
Eclaircit ce mystère à n'en pouvoir douter.
Le nom, les monuments d'une source divine,
Venant du même temps, ont la même origine.

C'était le temps où les soldats chrétiens,
L'épée au poing, la croix sur la poitrine,
Au nom de Dieu combattant les païens,
Allaient mourir ou vaincre en Palestine
Et de la foi se montraient les soutiens.
Depuis longtemps déjà la cité sainte,
Jérusalem et ses temples sacrés,
Malgré ses tours, magré sa triple enceinte,
Etait tombée au pouvoir des croisés.
De Saladin la redoutable armée,
Comme un roseau par l'orage abattu,
Pliait partout sous l'indomptable épée
De Godefroy. Las d'avoir combattu,
Le fier Croissant, tombé sous tant de gloire,
Laïssait aller un sceptre abandonné,
Sceptre usurpé que donnait la victoire

A Godefroy, qu'on avait couronné.

Seul au retour de la sainte campagne,
Non plus soldat, mais humble pèlerin,
Un des Croisés regagnait la Bretagne
Son beau pays. Son œil calme et serein,
En revoyant cette terre chérie,
De temps en temps se rouvrait plus joyeux.
Ces prés, ces bois, c'est déjà la patrie,
Il la touchait, il se sentait heureux.
Heureux ! oh ! oui, car de la sainte terre
Il apportait un bien riche trésor,
Riche en vertu, par lui conquis naguère,
Plus précieux que la pourpre ou que l'or.
C'est un morceau de la croix véritable
Et sur laquelle expira le Sauveur,
Saint talisman, relique vénérable !
De quel amour et de quelle ferveur
Il l'entourait ! Dès que venait l'aurore,
A deux genoux devant elle il priait.
Le soir venait, il l'adorait encore,
Et la nuit même auprès d'elle il veillait.
Il destinait cette sainte relique
A son évêque, et déjà croyait voir
Le saint prélat sous sa blanche tunique,
Dans le pompeux éclat de son pouvoir,
La présenter au peuple comme un gage
Authentique et sacré de la rédemption.
Il savourait aussi le pur hommage
Qu'on rendait à l'objet de sa dévotion.

L'homme ici-bas ne vit que d'espérance,
Au moment même où touchant au bonheur,
Il croit l'atteindre, et son imprévoyance
Le fait souvent tomber sur le malheur !

L'infortuné, pour faire sa prière,
Un soir chercha sa relique en son sein !
O désespoir ! incroyable mystère !
Plus de bonheur, plus de pieux dessein,
Elle est perdue et pour toujours sans doute.
Il cherche en vain et partout le pays
Va, vient, s'informe et revient sur sa route.

Rien, toujours rien, on l'écoute surpris,
Nul n'a rien vu. C'est en vain qu'il explique
Son accident fatal, aucun passant
N'a rien trouvé. Cependant la relique
N'est pas bien loin, car, en réfléchissant,
Ce matin même il a fait devant elle
Son oraison. Il n'en saurait douter
En ce moment puisqu'il se le rappelle.
Le malheureux, enfin las de chercher,
Poursuit sa route, en sa douleur amère
Se demandant pourquoi le Dieu vengeur
Avait sur lui fait tomber sa colère,
Et condamné le pauvre voyageur.
A peine est-il parti qu'on vit d'un nid de pie,
Placé sur le sommet d'une épine fleurie,
Jaillir pendant la nuit un éclat vif et pur,
Comme la blanche étoile au front d'un ciel d'azur.
L'étonnement fut grand dans le village;
Du nid brillant nul n'osait approcher.
Enfin l'un d'eux, s'armant de son courage,
Jusqu'au sommet osa l'aller chercher.
On prend le nid, alors chacun s'explique
Le phénomène; on y voyait briller
Du pèlerin la fameuse relique;
Tous à genoux se mettent à prier.
Mais comment faire et comment la lui rendre,
Puisqu'à chacun il était inconnu?
Faut-il chercher, ou bien faut-il attendre
Que l'étranger soit enfin revenu?
On la garda, puis, par respect pour elle,
Les habitants voulurent tout exprès
Lui consacrer, tout près, une chapelle
Qu'on construisit aussitôt à grands frais.
Puis avec pompe au sein du tabernacle
On déposa le précieux fragment,
Qui dès l'abord avait fait un miracle;
Il fut placé près du Saint-Sacrement.
Mais, ô prodige! ô surprise nouvelle!
Dès que le jour éteignit son flambeau,
Il disparut soudain de la chapelle,
Le même nid resplendit de nouveau.
On le reprit. Toujours même miracle:
Dès que la nuit reprenait son manteau,

Le saint fragment sortait du tabernacle.
Le nid alors reluisait de nouveau.
On reconnut à cette persistance
Qu'en désignant un lieu bien arrêté,
Par ce moyen la céleste puissance
Manifestait sa ferme volonté.
On bâtit donc encore une chapelle
Au même lieu ; puis, au même niveau
Que désignait la main surnaturelle,
On déposa le précieux morceau
Du bois sacré de la croix vraie et sainte.
Depuis ce temps il y resta toujours,
Et maintenant encore en cette enceinte
Les pèlerins l'admirent tous les jours.

Ainsi s'expliqueraient et le nom du village
Et les deux monuments côte à côte élevés.
Dans la tradition qui nous vient d'âge en âge,
Les noms du pèlerin ne sont point conservés.

ST GUILLAUME ET SON ANE

Légende Normande.

J'ai déjà raconté des légendes bretonnes,
Pour de pareils récits les sources étaient bonnes,
Car où vit-on jamais miracles plus fameux
Et saints plus renommés? et surtout si nombreux
Qu'il fallut, tant la tâche était lourde et hardie,
Un auteur spécial pour écrire leur vie ! (1)
Je dois sur ce sujet revenir quelque jour,
Mais comme chaque chose ici vient à son tour,
Je veux, à vous aussi, conter une légende,
Et pour prendre en mon crû je la choisis normande,
Par amour du pays. Sa réputation
Paraît bien quelque peu sujette à caution.
Il faut en convenir, notre vieille Neustrie,
Si l'on s'en rapportait à mainte calomnie,
N'a pas précisément odeur de sainteté,

Et son orthodoxie est un fait contesté ;
Mais je l'ai déjà dit, c'est une calomnie,
Comme en tous les pays, dans notre Normandie
Ont vécu de grands Saints. On voit sans contredit,
D'honnêtes gens partout, le proverbe le dit.

Dans l'église du lieu qui m'a donné naissance
J'ai vu longtemps moi-même aux jours de mon enfance,
A droite de la nef, un autel réservé
Qu'à saint Guillaume seul on avait élevé.
Là, tous les mercredis, comme en un jour de fête,
Les fidèles, du saint, venaient baiser la tête
Que l'on conserve encor. Cet usage est perdu.
Au dessus de l'autel on voyait suspendu
Un tableau curieux, non point par sa facture,
L'artiste n'avait fait qu'enlaidir la nature,
Mais par les faits divers qu'on voyait retracés,
Et paraissant ici l'un sur l'autre entassés.
En bas, au premier plan, on aperçoit un homme
Qui paraît endormi du plus paisible somme.
De cambottes (2) chargé, non loin de lui paissait
Son âne qu'un instant de repos délassait,
Bien loin de se douter alors, la pauvre bête,
De l'imminent danger qui planait sur sa tête.
Plus haut, au second plan, l'homme dormait toujours,
Et son pauvre âne en vain implorait son secours,
Car un énorme loup venant à la sourdine
De son repaire au fond de la forêt voisine,
Mangeait à belles dents l'animal égorgé
Que le sommeil du maître avait mal protégé.
Puis, au troisième plan, on voit le loup qui trotte,
Emportant sur son dos l'une et l'autre cambotte.
Au maître qui le guide, il paraît très-soumis,
Ils cheminent gaîment comme de vieux amis.
En voyant ce tableau, l'étranger se demande
Ce qu'il peut retracer. Or telle est la légende
Qu'en peu de mots ici je vais vous raconter;
Prêtez-moi donc l'oreille et veuillez m'écouter.

Si l'on croit la tradition
Il paraîtrait que saint Guillaume
Etait d'obscure extraction
Puisqu'il naquit sous l'humble chaume.

On n'a jamais été certain
De ce qu'il fit dans son enfance,
Mais chacun sait qu'il prit naissance
Dans les environs de Mortain.
Tout jeune il se montra fidèle
Et fervent pour la sainte loi;
Il se distinguait par son zèle
Et par son amour pour la foi.
Sitôt qu'il se sentit en âge
D'assister ses pauvres parents
Déjà vieux et chargés d'enfants,
Il se mit gaiement à l'ouvrage.
Mais hélas ! par où commencer?
Et dans la pauvreté que faire?
Cela méritait d'y penser:
Il se fit commissionnaire,
Et grâce à son activité,
A son zèle, à son aptitude
De le prendre on eût l'habitude,
Tant on citait sa probité!
Avec un peu d'économie,
Quand on sait vivre sobrement,
On peut alors fort aisément,
Se faire une meilleure vie.
Voyant ses profits augmenter,
D'un âne il courut faire emplète,
Il put même en outre acheter
Les cambottes et la sonnette.
Alors aussitôt les marchands,
Qui tous connaissaient sa franchise,
Lui procurèrent des châlands
Dont il portait la marchandise.
   Mais hélas ! peut-on espérer
Un bonheur solide et durable?
Et peut-on toujours se garer
Des ruses et des tours du Diable?
   Le Démon, jaloux de son sort,
Sous ses pas méditait un piège;
Il a, dit-on, le privilège
De nous tenter jusqu'à la mort!
   Or par une belle journée,
Guillaume partit un matin,
Il faisait alors la tournée

Qui va du Teilleul (3) à Mortain.
Les routes à peine battues
A l'époque dont nous parlons,
Etaient loin d'être entretenues
Comme celles que nous avons.
Il chantait tout bas un cantique
En avançant péniblement.
Pour lui c'était une pratique
Qu'il remplissait dévotement.
Au bord d'une claire fontaine
A mi-chemin il s'arrêta,
Et puis gaiement il déjeûna
Pour se reposer de sa peine.
Or, son âne de son côté,
Voyant le repos de son maître,
Se mit tranquillement à paître,
Profitant de sa liberté.
Soit par besoin ou lassitude,
Le saint doucement s'endormit ;
Je ne sais comment il le fit,
Ce n'était pas son habitude.
Alors aussitôt le Démon,
Qui vieillait avec patience,
Profita de l'occasion
Pour mieux assurer sa vengeance.
Par son ordre un énorme loup,
Venant de la forêt voisine
Et s'avançant à la sourdine,
Sur l'âne saute tout-à-coup.
Le loup, en faisant place nette,
Laissa seulement sur le pré
Les os de l'âne dévoré,
Les cambottes et la sonnette.
Le saint tout-à-coup s'éveilla ;
A ce spectacle déplorable,
Il reconnut le fait du Diable,
Et aussitôt s'agenouilla.
A son éloquente prière
Le ciel, auquel il eut recours,
Daigna venir à son secours
Et mettre un terme à sa misère.
O miracle ! on vit tout-à-coup,
Rien que sur l'ordre du saint homme,

S'approcher cet énorme loup,
Et tendre son dos à la somme.
Le saint de ses deux mains flatta
Le loup qui fit mainte courbette,
Enfin, bref, il lui repassa
Les cambottes et la sonnette.
Le loup, content de ce métier,
Gaiement reçut tout le bagage,
Et puis, sans tarder davantage
Partit sans se faire prier.

Je n'ai jamais bien su si le loup du saint homme
Porta pendant longtemps la sonnette et la somme,
Mais je sais que bien loin d'imiter le métier
De celui qui d'Evêque est devenu meunier,
Le saint, parti d'en bas, devint prélat auguste
Et sut, dans la grandeur, se montrer humble et juste.

NOTES.

(1) Albert-le-Grand et don Labineau ont écrit l'histoire des saints de Bretagne.

(2) On appelle cambottes des paniers en osier de forme demi-circulaire que l'on met sur les bêtes de somme.

(3) Le Teilleul est un chef-lieu de canton de l'arrondissement de Mortain.

LES DEUX CORBEAUX

DE LA

CASCADE DE MORTAIN

Légende Normande.

Puisque je fais pour vous l'office de conteur,
Et que de ces récits vous êtes amateur,
Je vais de mon pays vous conter une histoire;
C'est vraiment cette fois un effort de mémoire ;
J'étais bien jeune alors qu'on me la raconta,
Et si dans mon esprit depuis elle resta,
C'est qu'elle m'a frappé. Les histoires de fées
Autour du vieux foyer, dans les longues veillées,
Eurent toujours le don d'émouvoir les enfants.
Même, en comptant bien, dans les grands
J'en connais plus d'un qui les aime.
Moi, je l'avoue en vérité,
« Si Peau d'Ane m'était conté,
» J'y prendrais un plaisir extrême. »
La Bretagne a ses poulpiquets,

Ses gnômes et ses farfadets;
Quant à la Normandie, elle a ses blondes fées
Se promenant la nuit, de longs voiles coiffées,
Pour la danse, le soir, se couronnant de fleurs,
Et portant des habits aux brillantes couleurs.
Leurs demeures toujours sont les bords des cascades,
Ou les riants vallons, ou les sombres arcades
Que forment les rochers. Ces esprits bienveillants
Se montrent aux humains rarement malfaisants ;
Ils protègent surtout l'amour et le mystère
De tous les vrais amants dont le cœur est sincère.
La légende qu'ici je vais vous raconter,
Rappelle un fait pareil, dont on ne peut douter.
De deux parfaits amants c'est l'histoire touchante ;
Puissiez-vous dans mes vers la trouver amusante !

Sous les murs de Mortain, au bas d'un vieux château,
Quand on est descendu dans le fond du côteau,
S'entrouvre une vallée encaissée et profonde.
La *Cance* tout au fond roule en grondant son onde
Qui, sur un lit de roc, passe en tourbillonnant,
Tombe, écume, blanchit et fuit en bouillonnant.
En ce lieu la vallée offre un aspect sauvage,
Et si vous avancez quelque peu d'avantage,
En remontant toujours par le lit du torrent,
Les parois du rocher tout-à-coup s'entrouvrant,
Dans un espace rond vous donnent une issue.
Là, de tous les côtés, on voit jusqu'à la nue
S'élever des rochers par la mousse blanchis
Sur leurs pics élevés de verdure enrichis.
Vous voyez devant vous la rivière écumante
Versant du haut d'un roc son onde blanchissante,
En cascades tordant ses méandres nombreux;
Puis enfin, d'un seul bond, d'un saut prodigieux,
Tomber jusqu'à vos pieds dans sa cuve de pierre,
Et reprendre son cours sous des touffes de lierre.
Cet humide réduit, sombre, mystérieux,
Semble fait tout exprès pour les cœurs amoureux.
Sous un angle du roc deux corbeaux centenaires
Ont établi leur nid et vivent solitaires.
Toujours on les a vus et toujours ils sont deux.
On a fait pour cela bien des contes sur eux,
Mais le seul qui soit vrai c'est ma vieille légende;

Rien qu'à ce titre là je vous la recommande.

C'était le temps des premières croisades,
Temps malheureux, où les esprits malades
Qui s'ennuyaient au fond de leurs châteaux,
Vendaient leurs biens, leurs tours et leurs vassaux
Pour s'en aller combattre l'infidèle,
Croyant ainsi faire preuve de zèle
Et mériter une absolution
Que Dieu devait à leur dévotion.
De proche en proche ainsi la maladie
Gagna si bien, que jusqu'en Normandie
Elle arriva. Le comte de Mortain,
Un des premiers, partit un beau matin.
Or, nous savons d'après une chronique
Qui nous paraît être très-authentique,
Que ledit comte était un vieux barbon
Et qu'il n'était ni très-beau, ni très-bon.
Bien au contraire, on disait d'ordinaire
Que ce tyran, d'humeur atrabilaire,
Cruel et dur pour ses vassaux nombreux,
Etait avare avec les malheureux.
Or, en partant, il laissait une femme
Jeune et jolie, avec un cœur de flamme,
Un vrai cœur d'ange, au front pur, aux longs yeux
Que surmontaient des sils noirs et soyeux.
Menton parfait, bouche rose et mutine,
Corps de Vénus et taille souple et fine,
Trésor d'amour, à qui pour s'animer
Il ne manquait que ce seul mot : aimer.
Quand on s'en va jusqu'en terre promise
Pour guerroyer, la crainte est bien permise,
Et notre comte était aussi jaloux
Qu'avare et dur. Il savait qu'un époux
Laid et âgé, s'il a femme jolie,
Doit se garder de la galanterie,
Et puis, d'ailleurs, il est toujours prudent
De se garrer de certain accident.
Or donc, guidé par son humeur jalouse,
Il sut choisir, pour garder son épouse,
Un écuyer vieux, cruel et brutal,
Adroit pourtant, et surtout pour le mal.
Puis il lui dit : Je compte sur ton zèle,

Je te remets ma femme jeune et belle,
Mais si jamais elle avait un amant,
De me venger fais ici le serment.
Frappe sans crainte et punis la parjure.
Et l'écuyer répondit : Je le jure.
Sur sa vertu moi seul je veillerai
Et s'il le faut, maître, je frapperai.
Mais quand l'amour vient au cœur d'une femme,
Quand un doux feu vient embraser son âme,
Que peut alors la fureur d'un jaloux !
Il n'y a plus ni portes, ni verroux.
Dans le château vivait un jeune page
Aux yeux brûlants, au noble et pur visage,
Il connut Blanche, aussitôt il l'aima,
Et sa candeur pour jamais le charma.
Longtemps discret, un amour si fidèle
Fut un secret pour tous, même pour elle !
Vaincu pourtant il risqua son aveu.
Qui fut reçu d'elle seule et de Dieu !
A tant d'amour comment rester rebelle?
Il est si pur l'amour qu'on a pour elle !
Puis il est là, devant elle, à genoux,
Il est si beau, son regard est si doux !
Un doux aveu de ses lèvres humides
Sortit enfin. Les oreilles avides
Du jeune Alfred recueillirent tous bas
Un mot bien doux qu'elle n'acheva pas.
Mais cet amour quoiqu'enfant du mystère
Fut toujours pur comme il était sincère,
Doux entretiens, longs serrements de mains,
Dernier regard qui veut dire à demain,
Ce fut pour eux le bonheur sans mélange.
Bonheur sans crime! amour digne d'un ange!
Le temps passait en vain sur cet amour,
Il était frais comme à son premier jour.
Pour se parler avec plus de mystère,
Nos deux amants, remontant la rivière,
Se dérobaient aux regards des archers
Dans la retraite au milieu des rochers.
Or, dans ce temps, sous la verte feuillée
De la cascade habitait une fée
Qui les voyait depuis le premier jour,
Muet témoin du plus sincère amour,

Et qui, bien loin de leur être nuisible,
Veillait sur eux. Mais un réveil terrible
Les attendait. Pourquoi faut-il hélas !
Que le bonheur ait un terme ici-bas ?
Pourquoi faut-il qu'une amitié si pure
Ait à subir une épreuve aussi dure ?
Sans doute aussi chaque heure de plaisirs
Doit se payer par autant de soupirs !
Dans le bonheur nos amants s'endormirent,
Sans le vouloir peut-être ils se trahirent,
Si bien qu'un jour notre vieil écuyer
Qui remplissait l'office de geôlier,
Fut averti de la secrète flamme
Du jeune page et de la noble dame,
Il sut aussi le lieu du rendez-vous
Où se passaient des entretiens si doux.
Sans en rien dire, en cachette, le traître,
Pour obéir aux ordres de son maître,
Fut épier nos deux jeunes amants,
Qui de leurs cœurs se disaient les tourments ;
Tourments d'amour, dont le tendre langage
Eût attendri l'âme la plus sauvage !
Mais l'écuyer au cœur cruel et dur
Ne s'émut pas d'un amour aussi pur.
Dans cet amour, il ne voyait qu'un crime
Qui demandait l'une et l'autre victime,
Mais il fallait qu'il trouvât le sujet
D'exécuter son sinistre projet.
Un certain jour appuyés sur la mousse,
Ils se parlaient d'une voix bien douce.
Cœur contre cœur, et les yeux dans les yeux,
Les doux aveux suivaient les doux aveux,
Quand l'écuyer s'approchant par derrière,
A la faveur du bruit de la rivière,
Vint les surprendre, arrivant pas à pas.
Déjà sur eux il a levé son bras,
Il va frapper..... Quand tout-à-coup la fée
De sa baguette écarte son épée
Qui, ricochant sur l'angle d'un rocher
Alla couper la jambe d'un archer.
De leur malheur alors la fée émue,
Voulant soudain les soustraire à la vue,
Change aussitôt pour toujours en corbeaux

Les deux amants si jeunes et si beaux.
Depuis ce jour ils sont toujours ensemble,
Le même nid chaque nuit les rassemble.
Ils ont gardé, comme à leur premier jour,
La même ardeur comme le même amour.
On prétend cependant que, dès la nuit venue,
Leur forme primitive alors leur est rendue,
Et que, se promenant sur le bord des rochers,
Ils ne redoutent plus les regards des archers.
Sur leurs chastes amours la fée est là qui veille,
Au moindre bruit prêtant une attentive oreille,
Et se montrant toujours prête à les protéger,
Autant dans leurs amours que devant le danger ;
Et si dans la nuit sombre, au bord de la rivière,
Vous entendez parfois soupirer sous le lierre,
Ne fuyez pas, restez, car dans ce frais séjour
Les soupirs qu'on entend sont des soupirs d'amour !

LA PROCESSION

DES

MOINES DE CHAUSEY (1)

Légende Normande.

Quand je m'éveille au milieu de la nuit,
Nonchalamment étendu loin du bruit,
C'est alors, pour rimer, que je suis à mon aise.
Chacun, pour s'inspirer, prend un lieu qui lui plaise.
L'un choisit son fauteuil et le coin de son feu;
L'autre veut le grand air et l'azur d'un ciel bleu.
Il faut à celui-ci la mer et ses orages,
A celui-là les bois, avec leurs frais ombrages.
Enfin, chacun son goût. Ma verve à moi pâlit
Si je ne suis sans gêne étendu dans mon lit;
Et ma vocation est si bien décidée
Qu'en plein jour et debout, je n'ai pas une idée.
J'ai beau vouloir alors aligner quelques vers,
Vains efforts, je m'embrouille, et tout va de travers.
Je vous entends d'ici, comment, allez-vous dire,

Etant ainsi couché, pouvez-vous donc écrire?
Ce doit être pour vous un fort grand embarras.
Et moi je vous réponds, non ! car je n'écris pas.
Je fouille en ma mémoire, et quand je trouve un conte
Qui paraît mériter que je vous le raconte,
Je me mets sur le dos; cette position
Favorise beaucoup la méditation;
Puis j'allume ma pipe, autre préliminaire
Que je conseille ici comme très salutaire.
Pour rendre mon esprit plus lucide et plus clair,
J'ouvre les yeux tout grands et je regarde en l'air.
Alors en peu de temps mon plan vient et s'arrête,
Les vers facilement se classent dans ma tête,
Et puis, quand j'ai fini, vient le sommeil, alors
Je me mets de côté, je baille et je m'endors.
Puis, quand j'ai bien dormi, sitôt que je m'éveille
Le lendemain matin, je me gratte l'oreille,
Moyen mnémotechnique, et qui porte son fruit;
Je me rappelle alors ce que j'ai fait la nuit.
Je retrouve aussitôt le fil de mon histoire,
Ainsi que tous mes vers gravés en ma mémoire;
Alors en ce moment, pour ne pas oublier,
Ma plume, en peu de temps, les confie au papier.
Voilà mon procédé, je vous le recommande;
C'est à lui que je dois encor cette légende.
Couchez-vous pour la lire et suivez mon conseil,
Vous lui devrez peut-être un moment de sommeil.
Pourtant si par malheur, comme je le devine,
Vous trouvez qu'elle sent par trop son origine,
Pour m'imiter du moins, combattez votre ennui,
Et ne vous endormez qu'après avoir fini.

Dans la Manche de l'est est le port de *Granville*.
En regardant du Roc, où s'élève la ville,
Dans la direction qui conduit à Jersey,
On aperçoit d'abord l'archipel de Chausey,
Passage dangereux autant que difficile
Qui pour être tenté veut un pilote habile.
C'est un amas confus, un cahos monstrueux
D'îlots juxta-posés que des canaux nombreux
Sillonnent en tous sens, et que la mer montante
Vient heurter en grondant de sa vague écumante.
C'est en vain que les flots, dans leur sublime horreur,

Epuisent sur ces bords leur rage et leur fureur;
La masse de granit résiste à leur outrage,
Et brave impunément et la vague et l'orage.
Là règne librement le goëland glouton,
Et le noir cormoran, et l'indolent héron,
Et ces hôtes des mers, en planant sur vos têtes,
Vous semblent, par leurs cris, insulter aux tempêtes.
A son premier aspect ce rivage isolé
Aux yeux du voyageur est triste et désolé.
Pourtant sur ces rochers la prodigue nature
A semé par endroit une riche verdure;
On y laboure même, et dans certains cantons
On voit paître des bœufs et brouter des moutons. (2)
Dans l'îlot principal une antique ruine (3)
Qui va loin dans les temps cacher son origine,
Du côté du midi vient s'offrir à vos yeux.
Le passant n'y voit rien qui soit bien curieux.
Des restes de donjon, de créneaux et d'ogives
Que heurtent en passant les mouettes craintives,
Et pourtant ces vieux murs et ces anciens remparts
Que la ronce et l'ajonc couvrent de toutes parts,
Ont abrité jadis un fameux monastère,
Asile de la foi, temple de la prière,
Jusqu'au jour où sans doute abandonnés du Ciel,
Ses moines n'ont pas craint d'offenser l'Eternel.
Offense impie et vraie autant qu'elle était grande !
Mais n'anticipons pas sur ma vieille légende.
Vers le milieu de l'île et du même côté,
Apparaît un spectacle étrange en vérité.
Des pierres de granit, d'un abord difficile,
Se dressent devant vous et s'allongent en file,
Et leur ordre parfait et leur position
Semblent représenter une procession.
A la brune surtout, tous ces blocs granitiques
Paraissent revêtus des habits monastiques. (4)
Est-ce un effet réel ? est-ce une illusion?
Il faut s'en rapporter à la tradition,
Et sans rien y changer, soit mauvaise, soit bonne,
Comme on me la contée, ici je vous la donne.

Dans le bon temps où l'on vivait heureux,
Temps qu'à bon droit l'on nomme fabuleux,
Et qu'on appelle en termes poétiques,

Pour le vanter, aussi temps héroiques,
Chausey qu'on voit aujourd'hui si désert,
Partout rempli d'ombrage frais et vert,
N'était qu'une île, île aux fleurs embaumées.
C'était la cour de la reine des fées ;
Et quand la nuit de son long voile noir
Recouvrait l'île, on les voyait le soir
Sur la pelouse apparaître à la brune,
Et puis gaîment danser au clair de lune.
Dans le pays tout vivait sous leurs lois,
Elles régnaient dans les prés, dans les bois.
Si, rarement, on craignait leur vengeance,
Tout cependant cédait à leur puissance,
Quand tout-à-coup des hommes selon Dieu
Vinrent un jour habiter en ce lieu.
Pleins de vertus, animés d'un saint zèle,
Ils répandaient sur la terre infidèle
La foi du Christ, et le peuple en émoi
Se raliait à la nouvelle loi.
  Pour élever un temple à la prière,
On construisit un vaste monastère
Peuplé bientôt par des moines nombreux
Qui saintement y remplissaient leurs vœux.
  Alors aussi la puissance des fées,
Que l'on avait si longtemps respectées,
Tomba soudain devant la loi de Dieu.
La foi nouvelle apportée en ce lieu
Fit oublier une grandeur déchue;
Leur influence à jamais fut perdue.
La reine alors, en voyant le danger,
Jura, dit-on, plus tard de se venger.
Rage impuissante, à l'oubli condamnée !
Car contre Dieu que pouvait une fée,
Fût-elle reine? Elle appela pourtant
A son secours, dans ce cas important,
L'enfer entier; mais Lucifer lui-même
Lui répondit : Dans ce péril extrême
Je ne puis rien contre l'ordre de Dieu
Tant qu'innocents les moines de ce lieu
Pratiqueront une aussi sainte vie;
Mais si jamais il leur prenait envie
D'offenser Dieu qui les protège ainsi,
Appelez-moi, je vous promets ici

De vous venger, si Dieu les abandonne.
Jusqu'à ce jour, évitez que personne
Les avertisse. Il faut dissimuler.
De mon côté, moi, je vais stimuler
Tous mes agents pour leur tendre des piéges;
C'est là le cas d'user de sortiléges.
Chacun le sait, les moines sont bien fins,
Mais, par la mort! ils seront bien malins
Si je n'arrive à pouvoir les séduire.
Je vais sur eux essayer mon empire,
Et leur lâcher le démon de l'orgueil.
Pour leur vertu c'est peut-être l'écueil
Le plus à craindre. Il dit et dans la brume
Il disparaît sous des flocons d'écume.
Mais, direz-vous, quand on est vertueux,
Quand on a pour soutien la prière et les cieux,
Qui peut troubler la paix d'une si sainte vie?
Que peuvent contre vous les piéges de l'envie?
Il paraîtrait pourtant que la dévotion
Ne guérit pas toujours de la tentation.
Pendant longtemps les moines prospérèrent,
Par leurs vertus d'abord ils triomphèrent,
En combattant tout l'empire infernal.
Puis vint l'orgueil, ce complément fatal
De tout pouvoir qui n'a point de limites.
Les saintes gens, d'abord simples ermites,
Pour commencer, voulurent un château
Au lieu d'un cloître. On en fit un fort beau,
Avec créneaux, pont-levis et tourelles.
Aux saintes lois, sans se montrer rebelles,
Ce n'étaient plus ces moines si pieux
Qui, pleins d'ardeur, ne voyaient que les cieux.
Enfin, un jour à jamais mémorable,
Jour célébré dans les fêtes du Diable!
Comme la foudre apparut un matin,
Jusqu'à Chausey, le schisme de Calvin.
De prime abord les moines le blamèrent,
Le Diable aidant, plus tard ils l'adoptèrent.
C'était le comble, et un châtiment prompt
Devait de près suivre un pareil affront.
Crime inoui! cruelle ingratitude!
Quoi! Dieu vous prend dans sa sollicitude!
Il vous protége et vous l'injuriez!

Vous faites pis, car vous le reniez !
Pendant ce temps que devenait la fée?
Oubliait-elle aussi la foi jurée ?
Oh ! non, sans doute, et jusque dans l'enfer
Elle revint consulter Lucifer
Qui, satisfait, fier de sa réussite,
Reçut fort bien la nouvelle visite.
Voici l'instant, dit-il, ils sont à nous,
Et pour frapper je n'attendais que vous.
Les apostats, sans se douter du piége,
Continuaient leur culte sacrilége.
Or, un beau jour, que par dérision
Ils simulaient une procession,
Tout-à-coup, sous leurs pieds, ils sentirent la terre
Trembler et s'entrouvrir sous l'éclat du tonnerre.
Le jour, en plein midi, dans la brume s'enfuit
Et livra l'île entière aux horreurs de la nuit.
Trois fois on entendit retentir dans la nue
Un rire satanique, une voix inconnue.
Trois fois un cri terrible à la voix répondit,
Et puis, dans la tempête, en mourant se perdit.
A ce fatal appel, la mer, dans sa colère,
De sa vague fougueuse envahissant la terre,
Forma tous ces canaux que l'on voit de nos jours,
Déracina les bois, détruisant pour toujours
Et les ombrages frais, et la riche verdure
Qu'avait dans ce pays prodigué la nature.
Et puis quand dans son lit la mer se retira,
Quand, par l'ordre de Dieu, la tempête cessa,
Les moines n'étaient plus !!! Une file de pierres
Marquaient seule la place où se tenaient les frères,
Et chacun d'eux était dans la position
Qu'il avait occupée à la procession;
Même aspect ! même habit ! mais ils étaient de pierre !
Le ciel avait permis sans doute en sa colère
Que Satan infligeât ce cruel châtiment
A qui n'avait pas craint, dans son aveuglement,
De renier ses vœux en désertant son temple.
Pour un aussi grand crime, il voulut un exemple !
On les y voit encor, le pêcheur ignorant
De cet endroit fatal n'approche qu'en tremblant.
Et sitôt que la nuit se couvrant de ses voiles,
Ne donne de clarté que celles des étoiles,

Nul habitant n'irait du côté de ce lieu
Maudit tout à la fois des hommes et de Dieu !
Si quelque voyageur par hazard leur demande
Le nom de ces rochers alignés dans la lande,
Ils diront, se signant à cette occasion :
Passez, car de Chausey c'est la procession. (5)

---

(1) Le petit archipel de Chausey est situé à quatre lieues et au nord-ouest de Granville, dans la Manche, sur la route de Jersey. Il est composé de soixante-trois îlots qui ne couvrent jamais. Certains de ces îlots ont à peine quelques mètres de superficie et ne sont que des blocs de granit nu. Quelques-uns cependant ont une certaine étendue et sont couverts d'une herbe très fine, très abondante et éminemment propre à engraisser les bestiaux.

(2) Il y a effectivement dans l'île une ferme et une exploitation agricole assez considérable. Cette île, sur laquelle est construit un phare, a une longueur d'environ 1500 mètres, sur 6 à 700 de largeur. Elle a deux fontaines d'eau douce et est labourée en partie, mais son principal produit consiste en l'exploitation du granit et la fabrication de la soude.

(3) Les ruines que l'on voit maintenant sont celles d'un ancien château fort, élevé probablement contre les excursions des Anglais. La tradition veut qu'il y ait eu aussi un monastère.

(4) L'illusion à la brune est effectivement complète. En plein jour, cette file de pierres ne produit pas le même effet. Les profils des pierres se détachant plus nettement sur l'horizon, ne se prêtent plus à cette erreur d'optique; mais quand les ombres se rapprochent et se confondent, tous ces blocs de granit ressemblent vraiment à une procession de moines gigantesques. Ayant habité longtemps Chausey, lors de la

construction du phare, j'ai vérifié moi-même plusieurs fois ce phénomène.

(5) Ces pierres sont effectivement connues dans l'île sous le nom de *Procession de Chausey*.

LA MOUCHE ET LA FOURMI

Fable.

Je connais une maladie
Que l'on voit partout ici-bas.
Ce mal si commun c'est l'envie
De posséder ce qu'on n'a pas.
Loin de bénir la providence
Du sort qu'en sa sagesse elle nous a donné,
Chacun de nous, dans son imprévoyance,
A l'orgueil de se croire né
Pour un meilleur destin. Et quand notre folie
A, pour son expiation,
Encouru sa punition
Nous avons encor la manie
D'en accuser bien haut le sort qui n'en peut, mais
A lui le tort, à nous jamais.

Parmi les fleurs des champs une mouche était née.
Heureuse de sa destinée,
Libre et joyeuse elle grandit,
Puis bientôt elle s'enhardit
A voltiger dans la vallée,
Sans par trop s'éloigner dans le commencement.
Une fourmi d'un certain âge
Qui vivait dans le voisinage,
Et qui la voyait follement
S'aventurer chaque jour davantage,
Et s'exposer inconsidérément,
Lui dit un jour : « Prenez garde, voisine,
Ne quittez pas le champ où vous vîtes le jour.
Les fleurs des buissons d'alentour
N'ont pas de plus riche étamine,
Et l'air n'est pas plus pur que dans votre séjour.
Restez où vous créa la divine sagesse. »
L'avis était fort bon ; mais hélas ! la vieillesse
Prodigue des conseils qu'emporte bien souvent
L'aile du vent ;
Et puis mouche n'est pas animal dont la vie
Soit exempte d'étourderie.
Or, par un jour de soleil radieux,
Elle partit : un désir curieux
De trouver meilleur gîte et plus riche pitance
Lui fit oublier la prudence
Ainsi que le conseil ami
De la fourmi.
Elle n'alla pas loin. Un violent orage
Ravageant tout le voisinage,
Vint la frapper hors de l'endroit chéri
Où se trouvait son tutélaire abri.
Meurtrie, hélas ! ne battant que d'une aile,
Traînant la patte, écrasée à demi
Elle revint avec peine chez elle.
Dans son chemin rencontrant la fourmi
Elle voulut, du sort accusant l'inconstance,
Se plaindre de la providence
Qui la traitait avec tant de rigueur ;
Mais la fourmi lui dit : « Je plains votre malheur,
De votre sort vous me voyez émue,
Mais je vous avais prévenue,
Et vous deviez un peu vous attendre à cela ;

N'accusez donc que votre étourderie
Du triste état où vous voilà.
Rappelez-vous qu'en cette vie,
Il faut savoir, ma chère amie,
Se contenter de ce qu'on a. »

TABLE

DES PIÈCES

www.ingramcontent.com/pod-product-compliance
Ingram Content Group UK Ltd.
Pitfield, Milton Keynes, MK11 3LW, UK
UKHW021644260726
13994UKWH00003B/1252

9 782329 102641